Leggende yoruba

M. I. OGUMEFU

Le pubblicazioni di Autri Books possono essere acquistate per finalità didattiche, commerciali o promozionali.

Per ulteriori informazioni:

autribooks.com | support@autribooks.com

ISBN: 979-8-2954-8759-0

Prima edizione pubblicata da Autri Books nel 2025.

Indice

PREFAZIONE	1
IL REGNO DEGLI YORUBA	3
COME NACQUERO I SEGNI TRIBALI	5
AKITI IL CACCIATORE	7
FIGLI DEI BASTONI	9
PERCHÉ LE DONNE HANNO I CAPELLI LUNGHI	11
PERCHÉ LA GENTE GRIDA «VIVA IL RE!» QUANDO IL TUONO SEGUE IL FULMINE	13
L'OLOFIN E I TOPI	15
L'ALBERO IROKO	17
ORISA OKO	19 - 20
MOREMI	21 - 22
IL PIPISTRELLO	23
L'UOMO-LEOPARDO	25 - 26
L'UCCELLO D'ACQUA	27
LE FORMICHE E IL TESORO	29 - 31

LE VOCI DEGLI UCCELLI	33
I TRE MAGHI	35 - 36
ISOKUN E IL BAMBINO	37 - 38
I FRATELLI GEMELLI	39 - 40
COME IL LEOPARDO EBBE LE SUE MACCHIE	41
UN'ALTRA STORIA DELLE MACCHIE DEL LEOPARDO	43
LA TESTA	45 - 46
OLE E LE FORMICHE	47
IL BOA COSTRITTORE	49
OLURONBI	51 - 52
LA PROBOSCIDE DELL'ELEFANTE	53
IL SEGRETO DELLE CESTE DA PESCA	55 - 56
I DIECI ORAFI	57 - 58
LA PENTOLA	59
IL PAPPAGALLO	61 - 62
IL CACCIATORE DI FANTASMI	63 - 64

STORIE DELLA TARTARUGA

LA TARTARUGA E IL RE	65 - 66
LA TARTARUGA E IL SIGNOR MOSCA	67 - 68
ERIN ED ERINOMI (GLI ELEFANTI DI TERRA E D'ACQUA)	69
LE TRE MORTI DELLA TARTARUGA	71 - 72
LA TARTARUGA E IL GALLO	73
LA TARTARUGA E IL GRANCHIO	75
LA TARTARUGA E IL PICCIONE	77 - 78
LA TARTARUGA E L'ALBERO-FRUSTA	79 - 80
LA TARTARUGA E LA PIOGGIA	81 - 82

PREFAZIONE

Nei tempi moderni abbiamo cominciato a prestare grande attenzione al folclore – antichi racconti, non inventati da un solo uomo, ma appartenenti all'intero popolo; non scritti, bensì narrati dai genitori ai figli e così tramandati per centinaia di anni.

Le leggende e le fiabe contenute in questo libro appartengono al paese degli yoruba della Nigeria meridionale. Esse raccontano le avventure di uomini e animali e cercano di spiegare i misteri della Natura – perché le donne hanno i capelli lunghi, come il leopardo ottenne le sue macchie, e così via.

La maggior parte di esse comprende canti molto antichi, che tuttavia non possono qui essere riportati integralmente.

Non dobbiamo pensare che queste storie siano scientificamente vere; esse nacquero dall'immaginazione del popolo, e per i fatti reali e dimostrati dobbiamo rivolgerci ai nostri libri di testo.

Leggiamo questi racconti popolari per la loro singolarità e il loro umorismo, per la loro sintonia con la Natura, e perché in essi troviamo le idee e gli ideali non di un solo uomo, ma di un'intera stirpe.

Le leggende esprimono concezioni primitive del bene e del male e, sotto questo aspetto, risultano inferiori al nuovo modello che il Cristianesimo ha fissato per le nostre azioni. Di norma, tuttavia, i malvagi vengono puniti e i buoni ricompensati; e questo, sentiamo, è giusto così. Possiamo piangere per la morte della scellerata Tartaruga, ma avvertiamo che essa merita il suo destino.

IL REGNO DEGLI YORUBA

L'antico re Oduduwa aveva un gran numero di nipoti e, alla sua morte, divise tra tutti loro ogni suo avere. Ma il nipote più giovane, Oranyan, in quel periodo si trovava lontano a cacciare e, quando fece ritorno a casa, apprese che i fratelli e i cugini avevano ereditato il denaro del vecchio re, il bestiame, le perle, i tessuti indigeni e le corone, mentre a lui non era rimasto altro che ventuno pezzi di ferro, un gallo e un po' di terra avvolta in uno straccio.

A quel tempo tutta la terra era ricoperta d'acqua e gli uomini vivevano sulla sua superficie.

L'ingegnoso Oranyan sparse sull'acqua i pezzi di ferro; sopra il ferro pose il brandello di stoffa, sopra la stoffa la terra e sulla terra il gallo. Il gallo razzolò con le zampe e sparse la terra in lungo e in largo, cosicché l'oceano venne in parte colmato e isole apparvero dappertutto. I pezzi di ferro divennero la ricchezza minerale nascosta sotto il suolo.

Allora i fratelli e i cugini di Oranyan desiderarono tutti vivere sulla terra, e Oranyan lo permise in cambio del pagamento di un tributo. Egli divenne così re di tutti gli yoruba ed ebbe ricchezza e prosperità grazie all'eredità del nonno.

COME NACQUERO I SEGNI TRIBALI

Un certo re di nome Sango inviò due schiavi in un paese lontano per una missione importante.

A tempo debito essi fecero ritorno, ed egli constatò che uno degli schiavi aveva portato a compimento con successo l'incarico ricevuto, mentre l'altro non aveva concluso nulla. Il re ricompensò quindi il primo con grandi onori e ordinò che il secondo ricevesse centoventidue incisioni di rasoio su tutto il corpo.

Si trattava di una punizione severa, ma quando le cicatrici guarirono conferirono allo schiavo un aspetto assai singolare, che piacque enormemente alle mogli del re.

Sango decise allora che in futuro le incisioni non sarebbero più state inflitte come punizione, ma come segno di regalità, e si mise immediatamente nelle mani degli incisori. Tuttavia riuscì a sopportare solo due incisioni, e così da quel giorno due incisioni sul braccio divennero il segno della regalità, mentre varie altre incisioni finirono per diventare i segni distintivi delle diverse tribù.

AKITI IL CACCIATORE

Un celebre cacciatore e lottatore di nome Akiti si vantava di essere più forte di qualsiasi altro uomo o animale. Aveva facilmente sconfitto un gigante, un leopardo, un leone, un lupo e un boa costrittore e, poiché nessuno osava contestare la sua affermazione, si proclamò «il re della foresta».

Ovunque andasse cantava il suo canto trionfale di lotta, e tutti lo temevano e lo rispettavano. Ma aveva dimenticato l'Elefante, che è un animale molto saggio e conosce molti incantesimi. Un giorno l'Elefante lo sfidò e dichiarò che non aveva alcun diritto di chiamarsi «re», poiché l'Elefante stesso era il sovrano della foresta e non poteva essere sconfitto.

Akiti allora scagliò la sua lancia contro il nemico, ma a causa dell'incantesimo dell'Elefante l'arma rimbalzò sulla sua pelle senza arrecargli alcun danno. Akiti provò quindi con l'arco e le frecce avvelenate, e con il coltello da caccia, ma ancora senza alcun effetto.

Tuttavia anche il cacciatore possedeva un incantesimo e, usandolo, si trasformò in un leone e si avventò sull'Elefante, ma l'Elefante lo scagliò via. Poi divenne un serpente, ma non riuscì a stritolare l'Elefante fino a ucciderlo.

Alla fine si trasformò in una mosca e volò dentro il grande orecchio sventolante dell'Elefante. Scese sempre più in profondità finché giunse al cuore, e allora si ritrasformò in uomo e fece a pezzi il cuore con il suo coltello da caccia. Infine l'Elefante cadde morto, e Akiti uscì dal suo corpo in trionfo, poiché ora era senza dubbio «il re della foresta».

FIGLI DEI BASTONI

Un grande re inviò i suoi vari figli a governare diverse parti del regno, e tutti ne furono soddisfatti tranne uno, il più giovane e ambizioso, che dopo qualche tempo tornò dal padre lamentandosi che il suo territorio era troppo piccolo e i suoi sudditi troppo pochi.

Il re si adirò con il figlio e fece portare un grande fascio di bastoni, che trasformò in esseri umani.

«Ecco altri sudditi per te!» disse al principe sbalordito.

Da quel momento la tribù divenne famosa per la sua forza e la sua stupidità, e fu conosciuta con il soprannome di «Figli dei bastoni», o «Omo igi».

PERCHÉ LE DONNE HANNO I CAPELLI LUNGHI

Due donne litigarono e una di esse uscì di nascosto durante la notte e scavò una fossa profonda in mezzo al sentiero che conduceva dalla casa della nemica al pozzo del villaggio.

Di buon mattino, quando tutti si recavano al pozzo per prendere l'acqua con le giare in equilibrio sulla testa, quella donna cadde nella fossa e gridò forte chiedendo aiuto.

Le sue amiche accorsero e, afferrandola per i capelli, cominciarono a tirarla fuori dalla fossa. Con loro sorpresa, i capelli si allungavano mentre tiravano e, quando ella fu finalmente al sicuro sul sentiero, i suoi capelli erano lunghi quanto il braccio di un uomo.

Ciò la colmò di vergogna ed ella fuggì via per nascondersi.

Ma dopo un po' si rese conto che i suoi capelli lunghi erano belli, e allora si sentì molto orgogliosa e disprezzò tutte le donne dai capelli corti, schernendole. Quando esse videro ciò, furono prese dalla gelosia e cominciarono a vergognarsi dei loro capelli corti. «Abbiamo capelli da uomini», si dissero l'una con l'altra. «Quanto sarebbe bello avere i capelli lunghi!»

Così, una dopo l'altra, saltarono nella fossa e le loro amiche le tirarono fuori prendendole per i capelli.

E in questo modo esse, e tutte le donne venute dopo di loro, ebbero i capelli lunghi.

PERCHÉ LA GENTE GRIDA «VIVA IL RE!» QUANDO IL TUONO SEGUE IL FULMINE

Il re Sango conosceva molti incantesimi mortali e una volta scoprì per caso una preparazione capace di attirare il fulmine.

Avventatamente decise di sperimentarne l'effetto anzitutto sul proprio palazzo, che sorgeva ai piedi di una collina.

Salito sulla collina insieme ai suoi cortigiani, il re fece uso dell'incantesimo: improvvisamente scoppiò una tempesta, il palazzo fu colpito dal fulmine e arse fino alle fondamenta, insieme a tutta la famiglia di Sango.

Sopraffatto dal dolore per aver perduto i suoi beni e, soprattutto, i suoi figli, l'impetuoso re decise di ritirarsi in un angolo del regno e di non governare più. Alcuni cortigiani furono d'accordo con lui, altri cercarono di dissuaderlo; ma Sango, accecato dall'ira, ne fece giustiziare centosessanta – ottanta che gli si erano opposti e ottanta che avevano aderito con eccessivo entusiasmo.

Poi, accompagnato da pochi amici, lasciò il luogo e intraprese il suo lungo viaggio. Uno dopo l'altro i compagni lo abbandonarono lungo il cammino, finché rimase solo e, nella disperazione, decise di porre fine alla propria vita, cosa che fece con temerarietà.

Quando la notizia del gesto si diffuse, il suo popolo accorse sul luogo, gli rese onoranze funebri e da allora egli fu venerato come il dio del tuono e del fulmine. Così, tra tutti gli yoruba, quando la gente vede il lampo seguito dal cupo fragore del tuono, ricorda l'ira di Sango dopo la distruzione del suo palazzo ed esclama: «Viva il re!».

L'OLOFIN E I TOPI

Un celebre Olofin, o re yoruba, fu un tempo imprigionato dai suoi nemici in una capanna priva di porta e di aperture nel tetto, e lasciato a morire di fame.

Mentre sedeva cupamente a terra, l'Olofin vide un topolino correre attraverso la capanna. Afferrò il coltello esclamando: «Piuttosto che morire di fame, mangerò questo topo!».

Ma ripensandoci rimise via il coltello, dicendo: «Perché dovrei uccidere il topo? Morirò di fame più tardi, allo stesso modo».

Con sua sorpresa, il topo gli si rivolse con queste parole:

«Nobile re! Ti rendo omaggio per la tua generosità! Hai risparmiato la mia vita e, in cambio, io risparmierò la tua».

Il topo scomparve allora in un buco nel terreno e, dopo qualche tempo, tornò seguito da venti o trenta altri topi, tutti recanti chicchi di grano, gari e piccoli frutti.

Per cinque giorni lo nutrirono in questo modo e, il sesto giorno, la capanna fu aperta dai carcerieri dell'Olofin, i quali rimasero stupiti nel trovarlo ancora vivo e in buona salute.

«Questo Olofin deve possedere un potente incantesimo!» dichiararono. «Pare che possa vivere senza mangiare né bere!».

A quel punto lo liberarono, gli diedero una canoa da guerra e gli permisero di tornare libero nel suo paese.

L'ALBERO IROKO

Nella foresta vi è un albero gigantesco chiamato dagli yoruba «Iroko», che tutti evitano, poiché in esso dimora lo spirito di un vecchio che si aggira di notte con una piccola torcia e spaventa i viandanti.

Chiunque veda l'uomo dell'Iroko faccia a faccia impazzisce e muore rapidamente.

Alla vista dei rami fitti e del tronco possente dell'Iroko, i boscaioli sono spesso tentati di abbattere l'albero e di farne uso del legno, ma ciò è di pessimo auspicio, poiché suscita il disappunto dell'uomo dell'Iroko e porta sventura al boscaiolo e a tutta la sua famiglia.

In qualunque casa vi siano mobili fatti di legno d'Iroko, di notte si odono strani gemiti e scricchiolii: è lo spirito dell'Iroko, imprigionato nel legno, che anela a tornare a vagare per la foresta con la sua piccola torcia.

ORISA OKO

Orisa Oko era un povero cacciatore, solitario, con la sola compagnia del suo flauto e del suo cane. Se mai smarriva la strada nei campi o nella foresta, cominciava a suonare sul flauto una melodia malinconica, e il suono guidava il fedele cane fino a lui, perché lo conducesse a casa.

Si guadagnava da vivere in modo misero catturando nelle sue reti le faraone sui terreni dei ricchi agricoltori, ma a causa della sua vita solitaria e della sua abitudine al silenzio era rispettato come un uomo dotato di conoscenze segrete che non desiderava rivelare.

Con il passare degli anni divenne troppo vecchio per la caccia e si stabilì in una grotta. La gente lo ritenne allora più misterioso che mai e cominciò a rivolgersi a lui per conoscere il futuro, cosicché in breve tempo acquistò grande fama come indovino. Da lontano e da vicino accorrevano a consultarlo, e in questo modo riuscì a vivere molto comodamente.

In quei tempi la stregoneria era punita con la morte, e divenne consuetudine nel paese che chiunque fosse sospettato di praticare l'arte malvagia venisse trascinato alla grotta di Orisa Oko. Se l'indovino lo giudicava innocente, lo conduceva fuori tenendolo per mano; se invece era ritenuto colpevole, gli veniva tagliata la testa e gettata alla folla in attesa dal demone Polo, che Orisa Oko teneva nella grotta.

Ciò continuò fino alla morte del vecchio cacciatore. I suoi seguaci vollero allora mantenere la pratica e perciò nascosero nella grotta un uomo molto forte per interpretare il ruolo del demone Polo. Quando qualcuno accusato di stregoneria veniva condotto alla grotta, la sua testa veniva di solito tagliata e gettata fuori come prima.

Accadde però una volta che un uomo molto alto e muscoloso fosse sospettato di arti magiche, e i suoi accusatori riuscirono a trascinarlo alla grotta. Una grande folla attendeva con impazienza di conoscere l'esito. Quale non fu il loro sgomento nel vedere rotolare fuori dalla grotta la testa del presunto «demone», poiché l'uomo forte si era rivelato superiore a lui e riapparve poco dopo illeso e trionfante.

La gente fu indignata nello scoprire come fosse stata ingannata, e da quel giorno la grotta di Orisa Oko fu abbandonata.

MOREMI

Un nobile di Ile-Ife aveva una moglie bella e virtuosa di nome Moremi e un giovane figlio avvenente, Ela.

Il paese degli Ife era allora soggetto a feroci incursioni da parte di una tribù chiamata Igbos, che in battaglia avevano un aspetto così inquietante che gli Ife li credevano non umani, ma una punizione inviata dagli dèi per qualche colpa. Inutilmente offrivano sacrifici alle divinità: le incursioni di questi strani esseri continuarono e il paese fu gettato nel panico.

Allora la valorosa Moremi, desiderosa di porre fine a tale situazione, decise di lasciarsi catturare durante una delle incursioni, affinché fosse condotta come prigioniera nella terra degli Igbos e potesse apprenderne tutti i segreti.

Dopo aver salutato il marito e il suo bambino, si recò presso un certo ruscello e promise al dio del ruscello che, se il suo tentativo fosse riuscito, gli avrebbe offerto il sacrificio più ricco che potesse permettersi.

Come aveva previsto, fu catturata dagli Igbos e condotta prigioniera nella loro capitale. A causa della sua bellezza fu data come schiava al re degli Igbos; e grazie alla sua intelligenza e al suo animo nobile conquistò ben presto il rispetto di tutti e salì a una posizione di rilievo.

Prima di essere rimasta a lungo nel paese, aveva appreso tutti i segreti dei suoi nemici. Scoprì che non erano dèi, ma uomini comuni. Quando andavano in battaglia indossavano strani mantelli di erba e fibre di bambù, e ciò spiegava il loro aspetto innaturale. Apprese inoltre che, a causa di quei mantelli di erba secca, temevano molto il fuoco e che, se gli Ife si fossero scagliati contro di loro con torce accese, sarebbero stati rapidamente sconfitti. Non appena le fu possibile, ella fuggì dal palazzo e dal territorio degli Igbos e fece ritorno al suo popolo. Le sue notizie furono accolte con gioia a Ile-Ife e poco tempo dopo gli Igbos furono completamente sconfitti grazie allo stratagemma suggerito da Moremi.

Moremi si recò allora al ruscello e offrì un grande sacrificio di pecore, pollame e buoi; ma il dio del ruscello non ne fu soddisfatto e pretese la vita di suo figlio.

Addolorata, Moremi fu costretta ad acconsentire e sacrificò il bel giovane Ela. Gli Ife piansero alla vista di quello spettacolo doloroso e promisero di essere per sempre suoi figli e figlie, per compensare la sua perdita.

Ma ecco: Ela, mentre giaceva a terra, era solo mezzo morto e, quando la gente si fu allontanata, riprese i sensi e balzò in piedi. Intrecciando una corda d'erba, salì al cielo, ed è certo che un giorno ritornerà per raccogliere i frutti del nobile sacrificio di sua madre.

IL PIPISTRELLO

Il pipistrello è per metà un uccello e per metà un roditore, e vive in parte sulla terra e in parte nell'aria, ma sia i ratti sia gli uccelli lo evitano, e questo ne è il motivo.

I ratti, suoi cugini, combattevano un tempo una grande battaglia contro gli uccelli, e il Pipistrello lottava in mezzo a loro.

Ma quando vide che gli uccelli stavano per avere la meglio, abbandonò i ratti e volò in aria per combattere dalla parte degli uccelli.

Sia i ratti sia gli uccelli rimasero disgustati da questo atto codardo, così smisero di combattersi tra loro e si unirono tutti per attaccare il Pipistrello.

Da quel giorno egli è stato costretto a nascondersi in luoghi oscuri per tutto il giorno e esce soltanto la sera, quando i suoi nemici non possono vederlo.

L'UOMO-LEOPARDO

Un affascinante straniero giunse un giorno in un certo villaggio e si aggirò tra la gente in un silenzio misterioso. Tutte le fanciulle lo ammiravano e desideravano che scegliesse una di loro come sposa. Ma egli non disse nulla e, alla fine, si inoltrò nella foresta e scomparve alla vista.

Un mese dopo lo straniero tornò, e questa volta una delle fanciulle si innamorò di lui a tal punto da decidere di seguirlo nella foresta, poiché non sopportava l'idea di esserne separata.

Quando lo straniero si voltò e la vide camminare dietro di lui, si fermò e la pregò di tornare a casa; ma lei non volle e gridò: «Non ti lascerò mai e, ovunque tu vada, io ti seguirò».

«Bella fanciulla, te ne pentirai», rispose tristemente lo straniero, affrettando il passo.

Dopo un po' si fermò di nuovo e la supplicò ancora una volta di tornare indietro; ma lei diede la stessa risposta, e di nuovo il bellissimo straniero disse con voce addolorata: «Te ne pentirai, bella fanciulla».

Si addentrarono sempre più nel cuore della foresta e alla fine giunsero presso un albero, ai cui piedi giaceva una pelle di leopardo. Fermatosi sotto l'albero, lo straniero cominciò a cantare un canto malinconico, nel quale le rivelò che, sebbene gli fosse concesso una volta al mese di vagare per villaggi e città come un uomo, in realtà egli era un leopardo feroce e l'avrebbe fatta a pezzi non appena avesse riacquistato la sua forma naturale.

Dette queste parole, si gettò a terra e immediatamente si trasformò in un leopardo ringhiante e cominciò a inseguire la fanciulla terrorizzata.

Ma la paura diede tale velocità ai suoi piedi che egli non riuscì a raggiungerla. Mentre la inseguiva cantava che l'avrebbe fatta a pezzi, ed ella, con un altro canto, gli rispondeva che non l'avrebbe mai raggiunta.

Correrono per un lungo tratto, finché la fanciulla giunse improvvisamente davanti a un fiume profondo ma stretto, che non riusciva ad attraversare. Sembrava che il leopardo stesse per catturarla dopo tutto.

Ma un albero che cresceva sulla riva del fiume ebbe pietà di lei e cadde di traverso sull'acqua, permettendole così di passare.

Infine, quasi sfinita, ella raggiunse il margine della foresta e arrivò sana e salva al villaggio. Il leopardo, privato della preda, si ritirò furtivamente nella foresta, e il bellissimo straniero non fu mai più visto.

L'UCCELLO D'ACQUA

L'uccello d'acqua sta sempre su una sola zampa, e questo ne è il motivo.

Un tempo un uccello d'acqua, in cerca di cibo, inghiottì il re dei granchi, e l'intera tribù dei granchi ne fu così furiosa che giurò di vendicarsi.

«Troveremo questo orribile uccello», dichiararono, «e gli mozzeremo le zampe. Non mancheremo di riconoscerlo, perché le sue zampe sono di un rosa acceso e le sue penne sono rosa e bianche».

Ma il topo d'acqua udì i granchi che tramavano e si affrettò ad avvertire l'uccello d'acqua.

«Oh! Oh!» gridò l'uccello d'acqua. «Mi mozzeranno le mie belle zampe rosa, e allora che ne sarà di me? Che cosa posso fare?»

«È molto semplice», rispose il topo d'acqua. «Se ti reggi su una sola zampa, penseranno che tu sia un'altra creatura».

L'uccello lo ringraziò e ritrasse una zampa. Quando i granchi arrivarono, videro, come credevano, un uccello rosa molto alto, con una sola zampa e un grande becco.

«Il nostro nemico ha due zampe», dissero. «Questo non può essere lui». E passarono oltre.

LE FORMICHE E IL TESORO

C'era una volta un uomo povero che era molto gentile con gli animali e con gli uccelli. Per quanto poco possedesse, metteva sempre da parte qualche chicco di grano o qualche fagiolo per il suo pappagallo, ed era solito spargere ogni mattina a terra alcuni bocconi per le laboriose formiche, sperando che si accontentassero del grano e lasciassero intatte le sue poche proprietà.

E per questo le formiche gli erano grate.

Nello stesso villaggio viveva un avaro che, con mezzi astuti e disonesti, aveva accumulato una grande riserva d'oro, che teneva ben legata in un angolo di una piccola capanna. Sedeva fuori da questa capanna giorno e notte, affinché nessuno potesse rubargli il tesoro.

Quando vedeva un uccello gli tirava una pietra, e schiacciava ogni formica che trovava a camminare sul terreno, poiché detestava ogni creatura vivente e non amava nulla se non il suo oro.

Come era prevedibile, le formiche non nutrivano alcun affetto per questo avaro e, quando egli ebbe ucciso un gran numero di loro, cominciarono a pensare a come punirlo per la sua crudeltà.

«Che peccato», disse il re delle formiche, «che il nostro amico sia povero, mentre il nostro nemico è così ricco!»

Questa osservazione diede alle formiche un'idea. Decisero di trasferire il tesoro dell'avaro nella casa dell'uomo povero. Per farlo scavarono un grande tunnel sotterraneo. Un'estremità del tunnel era nella casa del povero, l'altra nella capanna dell'avaro.

La notte in cui il tunnel fu completato, un grande sciame di formiche cominciò a trasportare il tesoro dell'avaro nella casa dell'uomo povero e, quando venne il mattino e il povero vide l'oro ammucchiato sul pavimento, fu colmo di gioia, credendo che gli dèi gli avessero inviato una ricompensa per i suoi anni di umile fatica.

Mise tutto l'oro in un angolo della capanna e lo coprì con tessuti indigeni.

Nel frattempo l'avaro si accorse che il suo tesoro si era notevolmente ridotto. Ne fu allarmato e non riusciva a capire come l'oro potesse essere scomparso, poiché aveva sorvegliato la capanna per tutto il tempo.

La notte seguente le formiche trasportarono di nuovo una grande parte dell'oro dell'avaro attraverso il tunnel, e ancora una volta il povero si rallegrò, mentre l'avaro infuriava nello scoprire la perdita.

La terza notte le formiche lavorarono a lungo e riuscirono a rimuovere tutto il resto del tesoro.

«Gli dèi mi hanno davvero mandato molto oro!» gridò l'uomo povero mentre metteva via il suo tesoro.

Ma l'avaro radunò i vicini e raccontò che per tre notti consecutive il suo tesoro, duramente guadagnato, era svanito. Dichiarò che nessuno era entrato nella capanna se non lui stesso e che quindi l'oro doveva essere stato portato via mediante stregoneria.

Tuttavia, quando la capanna fu perquisita, si trovò un buco nel terreno e si vide che quel buco era l'imboccatura di un tunnel. Sembrava chiaro che il tesoro fosse stato trasportato attraverso il tunnel, e tutti cominciarono a cercarne l'altra estremità. Alla fine essa fu scoperta nella capanna dell'uomo povero. Sotto i tessuti indigeni nell'angolo trovarono il tesoro scomparso.

L'uomo povero protestò invano di non poter in alcun modo essersi infilato in un tunnel così piccolo e dichiarò di non avere la minima idea di come l'oro fosse finito nella sua capanna. Ma gli altri dissero che doveva possedere qualche incantesimo con cui si rimpiccioliva e si introduceva di notte attraverso il tunnel nella capanna dell'avaro.

Per questo reato lo rinchiusero in una capanna e ne chiusero ermeticamente l'ingresso. Il giorno seguente sarebbe stato bruciato vivo.

Quando le formiche videro ciò che era derivato dal loro piano di aiutarlo, rimasero profondamente turbate e si chiesero come avrebbero potuto salvare il loro povero amico da una morte così dolorosa.

Non parve loro restare altro da fare che divorare completamente la capanna in cui il prigioniero era rinchiuso. Ci riuscirono dopo alcune ore e l'uomo povero rimase sbalordito nel trovarsi in uno spazio aperto. Fuggì nella foresta e non fece mai più ritorno.

Al mattino la gente vide che le formiche erano state all'opera, poiché rimanevano solo pochi tronconi della capanna. Dissero: «Gli dèi hanno tolto la punizione dalle nostre mani! Le formiche hanno divorato sia la capanna sia il prigioniero!»

E soltanto le formiche sapevano che ciò non era vero.

LE VOCI DEGLI UCCELLI

Un mago una volta passò attraverso un boschetto nella foresta dove moltissimi uccelli bruni svolazzavano da un albero all'altro e riempivano l'aria di canti. Per lungo tempo egli rimase seduto ad ascoltare, rapito dalle loro bellissime melodie, ma alla fine divenne molto geloso, poiché lui stesso non sapeva cantare.

Alla fine sentì che doveva in un modo o nell'altro impossessarsi delle voci di quegli uccelli canori, così li chiamò tutti a raccolta e disse:

«Mi addolora che gli dèi vi abbiano dato penne così povere e brutte, tutte marroni. Quanto sareste felici se foste splendidamente colorati di rosso, blu, arancione e verde!»

E gli uccelli convennero che era davvero un gran peccato essere così brutti.

Il mago allora suggerì che, grazie ai suoi incantesimi, avrebbe potuto dare loro splendide penne in cambio delle loro voci – che, dopotutto, erano di ben poca utilità, dal momento che nessuno veniva nel boschetto ad ascoltarle.

Gli uccelli rifletterono sulle sue parole e desiderarono ardentemente la bellezza che egli prometteva loro. Così, scioccamente, accettarono di cedergli le loro voci, che il mago raccolse tutte insieme in una grande zucca. Poi, usando i suoi incantesimi, trasformò le opache penne marroni degli uccelli in arancioni, verdi e rosse, ed essi ne furono molto soddisfatti.

Il mago si affrettò ad allontanarsi e, non appena giunse in un luogo deserto, aprì la zucca e ne inghiottì il contenuto. Da quel giorno ebbe una voce straordinariamente dolce e la gente accorse da lontano e da vicino per ascoltare i suoi canti.

Ma gli uccelli erano soddisfatti delle loro penne sgargianti. Ed è per questo che gli uccelli più belli sono del tutto incapaci di cantare.

I TRE MAGHI

Un certo re aveva intrapreso una serie di guerre, durante le quali si era servito di tre maghi, o guaritori, perché preparassero per lui degli incantesimi con cui distruggere i suoi nemici.

Alla fine della guerra questi tre maghi si presentarono al re e, con umiltà, chiesero di poter tornare alle loro case. Il re, avventatamente, rifiutò, e a ciò i maghi dissero:

«Abbiamo chiesto il tuo permesso per cortesia, o re, ma possiamo benissimo andarcene anche senza di esso».

A quelle parole il primo mago si gettò a terra e scomparve. Il secondo lanciò in aria un gomitolo di spago, salì lungo il filo e scomparve anch'egli. Il terzo mago, Elenre, rimase invece immobile in piedi.

«Ora tocca a te scomparire», disse il re, tremando d'ira, «o ti farò uccidere».

«Non puoi farmi alcun male», rispose il mago.

Il re allora ordinò che fosse decapitato, ma la spada si spezzò in due e il braccio del boia si inaridì. Il re comandò quindi di trafiggerlo con una lancia, ma la lancia si accartocciò e divenne inutilizzabile. Si tentò di schiacciare il mago con una roccia, ma essa rotolò sul suo corpo leggera come una palla da bambino.

Il re fece allora chiamare la moglie del mago e le chiese di rivelare il suo incantesimo segreto. Alla fine la donna confessò che, se si prendeva un solo filo d'erba dal tetto di paglia di una capanna, con quello si poteva facilmente tagliargli la testa.

Così fu fatto, e la testa del mago rotolò via e rimase attaccata alla mano del re. In nessun modo fu possibile staccarla. Quando portarono cibo e bevande al re, la testa divorò ogni cosa, tanto che il re parve sul punto di morire.

Furono chiamati in gran fretta maghi da ogni parte del regno, ma la testa rise di tutti i loro incantesimi e rimase saldamente attaccata.

Infine ne giunse uno che si prostrò davanti alla testa ed esclamò:

«Chi sono io per oppormi a te, grande Elenre? Sono venuto soltanto perché il re me lo ha ordinato».

A ciò Elenre rispose:

«Tu sei più saggio di tutti gli altri!» e subito la testa cadde a terra, dove si trasformò in un fiume dalle acque scorrenti, che ancora oggi è chiamato Odo Elenre, o fiume di Elenre.

Anche la moglie del mago fu trasformata in un fiume, ma poiché lo aveva tradito, Elenre ordinò che quel fiume non scorresse, ed esso divenne invece uno stagno immobile.

ISOKUN E IL BAMBINO

Un certo re Dekun aveva una moglie di nome Isokun che non gli aveva dato figli, cosa che causava grande infelicità nel palazzo.

Un giorno Isokun scomparve e rimase assente per molte settimane e, nonostante le ricerche, non se ne trovò alcuna traccia. La verità era che Isokun si era messa in viaggio per visitare i santuari di tutti gli dèi, nella speranza che uno di essi le promettesse un figlio. Ma, per quanto viaggiasse in lungo e in largo, gli dèi di tutti gli alberi, dei ruscelli e delle rocce rifiutarono la sua preghiera.

Quando infine stava per fare ritorno a casa, incontrò lungo la strada una donna povera addormentata con accanto il suo bambino di due giorni.

Isokun rubò il neonato e si affrettò a tornare al palazzo, dove informò il re di essere scomparsa per potergli dare la gioiosa sorpresa del suo figlioletto.

Nel palazzo vi furono grandi festeggiamenti, si offrirono sacrifici e i tamburi risuonarono fragorosamente.

Nel frattempo la vera madre si svegliò e scoprì che il suo bambino era stato rubato. Corse in città disperata e insistette per cercare in ogni casa, ma senza successo.

Alla fine giunse al palazzo e insistette per entrarvi anch'esso, cosa che in quel momento fu possibile perché tutti stavano celebrando l'arrivo dell'erede del re.

Per tutto quel tempo il bambino piangeva per la fame e, poiché Isokun non poteva allattarlo, inventò altre ragioni per il pianto e cercò invano di calmarlo senza destare sospetti.

Attratta dalle grida, la madre entrò e strappò il bambino portandolo al seno, dove si calmò immediatamente. In pochi istanti l'inganno fu scoperto, la madre se ne andò con il figlio e Isokun, piena di vergogna e temendo l'ira del re, fuggì dal palazzo e non fece mai più ritorno.

I FRATELLI GEMELLI

Un certo re yoruba, Ajaka, aveva una moglie prediletta, alla quale era profondamente affezionato; ma, ahimè per le sue speranze, ella diede alla luce due gemelli.

A quel tempo era usanza universale sopprimere immediatamente i gemelli alla nascita, insieme alla loro madre. Ma il re non ebbe il cuore di far applicare una legge così crudele e incaricò segretamente uno dei suoi nobili di condurre la madre reale e i suoi bambini in un luogo remoto, dove potessero vivere al sicuro.

Lì i due fratelli gemelli crebbero fino all'età adulta e si amarono profondamente. Erano inseparabili e nessuno dei due provava piacere se non in compagnia dell'altro.

Quando uno dei fratelli iniziava a parlare, l'altro completava la frase, tanto erano armoniosi i loro pensieri e le loro inclinazioni.

La madre, prima di morire, li informò della loro nascita regale e da quel momento essi trascorsero il tempo a rimpiangere inutilmente il loro esilio e a desiderare che la legge del paese avesse reso loro possibile regnare.

Alla fine giunse loro la notizia che il re loro padre era morto senza lasciare eredi, e ai due fratelli parve che uno di loro dovesse recarsi nella capitale per rivendicare il trono.

Ma quale dei due?

Per risolvere la questione decisero di lanciare delle pietre, e colui che avesse effettuato il lancio più lungo avrebbe reclamato il trono e poi avrebbe fatto chiamare il fratello per condividere il suo splendore.

La sorte favorì il gemello più giovane, che partì per la capitale, si proclamò figlio dell'Olofin e ben presto divenne re con il consenso di tutto il popolo. Non appena fu possibile, fece chiamare il fratello, che da allora visse con lui nel palazzo ed era trattato con onore e distinzione.

Ma, ahimè, la gelosia cominciò a prevalere sull'affetto fraterno e un giorno, mentre camminava con il re lungo la riva del fiume, lo spinse improvvisamente nell'acqua, dove annegò.

Egli fece poi sapere a palazzo che il fratello era stanco della regalità ed era partito dal paese, desiderando che lui regnasse al suo posto.

Il re era effettivamente scomparso e, poiché nessun sospetto ricadde sul fratello gemello, questi fu fatto re e realizzò così la sua segreta ambizione.

Qualche tempo dopo, passando proprio dal luogo in cui il fratello era annegato, vide un pesce emergere alla superficie dell'acqua e cominciare a cantare:

«Tuo fratello giace qui,

tuo fratello giace qui».

Il re fu preso da grande paura. Afferrò una pietra appuntita e uccise il pesce.

Ma un altro giorno, passando per lo stesso luogo, accompagnato dai suoi nobili e riparato dall'ombrello reale fatto con le pelli di animali rari, il fiume stesso si sollevò in onde e cantò:

«Tuo fratello giace qui,

tuo fratello giace qui».

Attoniti, i cortigiani si fermarono ad ascoltare. I loro sospetti furono destati e, guardando nell'acqua, trovarono il corpo del re.

Così il segreto della sua scomparsa fu svelato e il fratello malvagio fu respinto con orrore dal suo popolo. Per la vergogna egli prese del veleno e così morì.

COME IL LEOPARDO EBBE LE SUE MACCHIE

Un tempo il leopardo era colorato come un leone e non aveva macchie scure; ma fu inseguito da Akiti, il celebre cacciatore, e temette di essere ucciso. Per evitarlo mangiò le radici di una certa pianta magica, che ebbe l'effetto di renderlo invulnerabile a tutte le armi del cacciatore.

Poco dopo Akiti lo vide mentre si insinuava nel fitto sottobosco della foresta, ma, benché scoccasse le sue frecce avvelenate, il leopardo riuscì a fuggire.

Tuttavia, in ogni punto in cui una freccia lo colpiva, compariva una macchia scura; e così ora, sebbene i cacciatori continuino a dargli la caccia, egli viene catturato di rado, ma il suo corpo è coperto dai segni delle frecce, tanto che, mentre si muove tra gli alberi, appare proprio come il gioco intrecciato di sole e ombra.

UN'ALTRA STORIA DELLE MACCHIE DEL LEOPARDO

Secondo un'altra storia, il leopardo aveva un tempo la pelle molto scura. Un giorno si aggirava in un bel recinto quando notò una piccola capanna nella quale una donna stava facendo il bagno.

Il leopardo girò e rigirò intorno alla capanna, in attesa di un'occasione per balzarvi dentro e afferrare la sua vittima, poiché aveva fame.

Ma quando passò davanti all'apertura della capanna, la donna lo vide e, lanciando un grido di terrore, gli scagliò contro la sua spugna vegetale, che era piena di sapone.

La scagliò contro di lui ed egli fuggì. Ma ancora oggi il leopardo è chiazzato di sapone dalla testa ai piedi.

LA TESTA

Esiste un certo paese i cui abitanti hanno teste ma non hanno corpi. Le Teste si muovono saltellando sul terreno, ma non si allontanano mai molto.

Una delle Teste desiderò vedere il mondo e così, una mattina, partì di nascosto. Dopo aver percorso una certa distanza, vide una vecchia donna affacciata alla porta di una capanna e le chiese se fosse così gentile da prestargli un corpo.

La vecchia donna gli prestò volentieri il corpo della sua schiava, e la Testa la ringraziò e proseguì il cammino.

Più tardi incontrò un giovane che dormiva sotto un albero e gli chiese se volesse gentilmente prestargli un paio di braccia, poiché non sembrava farne uso. Il giovane acconsentì, e la Testa lo ringraziò e proseguì il cammino.

Più tardi ancora giunse sulla riva di un fiume, dove dei pescatori sedevano cantando e rammendando le loro reti a forma di cono. La Testa chiese se uno di loro volesse prestargli un paio di gambe, poiché erano tutti seduti e non camminavano. Uno dei pescatori acconsentì, e la Testa lo ringraziò e proseguì il cammino.

Ma ora aveva gambe, braccia e un corpo, e così appariva come un uomo qualunque.

La sera giunse in una città e vide delle fanciulle danzare mentre gli spettatori lanciavano monete a quelle che preferivano. La Testa gettò tutte le sue monete a una delle danzatrici, ed ella ammirò tanto la sua bella figura che acconsentì a sposarlo e ad andare a vivere con lui nel suo paese.

Il giorno seguente partirono, ma quando giunsero alla riva del fiume lo straniero si tolse le gambe e le restituì al pescatore. Più tardi raggiunsero il giovane che ancora dormiva sotto l'albero, e a lui la Testa restituì le braccia. Infine giunsero alla capanna, dove la vecchia donna stava a guardare, e qui lo straniero restituì il corpo.

Quando la sposa vide che il marito non era altro che una Testa, fu colta dall'orrore e fuggì via più veloce che poté.

Ora che la Testa non aveva né corpo né braccia né gambe, non poté raggiungerla e così la perdette per sempre.

OLE E LE FORMICHE

C'era un certo uomo pigro e sgradevole che tutti chiamavano «Ole», ovvero «il Pigro». Gli piaceva trarre profitto dal lavoro degli altri ed era anche molto curioso degli affari altrui.

Un giorno vide che le formiche avevano cominciato a costruire un pilastro nel cortile della sua casa. Ma, sebbene le formiche distruggessero tutte le piante del cortile e spogliassero tutti gli alberi, Ole non si diede la pena di ucciderle né di abbattere il loro pilastro.

Al contrario pensò tra sé: «Quando le formiche avranno reso questo pilastro molto alto, mi siederò sulla sua cima e così potrò vedere tutto ciò che fanno i miei vicini senza uscire dal mio cortile».

Questo pensiero gli piacque, ed egli fu contento che le formiche pullulassero nel suo cortile. Ogni giorno il pilastro cresceva in altezza, finché alla fine le formiche cessarono di costruire e ripresero altrove. Ole allora salì sul pilastro e trascorse l'intera giornata a osservare le attività dei vicini, ridendo del loro affaccendarsi.

«Qui siedo come un grande capo,

e vedo ogni cosa!» cantava Ole.

Ma mentre sedeva sul pilastro, le formiche cominciarono a demolire la sua casa e tutto ciò che conteneva, e in breve tempo non rimase nulla di tutto il suo cibo e dei suoi beni.

Ole divenne così lo zimbello del villaggio, e chiunque lo vedesse gridava: «Ku ijoko!», ovvero «Ti salutiamo nel tuo stare seduto!».

Poco tempo dopo egli morì, e non si sa ancora oggi se morì di vergogna o di pigrizia.

IL BOA COSTRITTORE

Ogunfunminire, il celebre cacciatore, visse fino a un'età così avanzata da non essere più in grado di entrare nella foresta e inseguire il cervo e il leopardo.

La vita non aveva per lui altro piacere che la caccia, così si recò da un mago e gli chiese un incantesimo che gli permettesse di continuare la sua attività.

Il mago gli diede due vasi, ciascuno contenente un incantesimo. Ogni giorno Ogunfunminire immergeva la testa nel primo vaso e si trasformava immediatamente in un boa costrittore; in quella forma scivolava nella foresta e cacciava a suo piacimento. Di notte tornava e immergeva la testa nel secondo vaso, tornando così uomo.

Ciò continuò per molto tempo all'insaputa della famiglia del vecchio cacciatore, ma quando infine essi scoprirono per caso il segreto, ne furono presi dall'orrore e il figlio, in preda all'ira, colpì i vasi con un calcio rovesciandoli entrambi.

In quel momento Ogunfunminire stava cacciando nella foresta e, quando tornò a casa e trovò i vasi magici rovesciati e vuoti, fu colto dallo sgomento, poiché non aveva più alcun mezzo per riacquistare la forma umana. Per alcuni giorni il boa costrittore strisciò nei pressi della casa, cercando invano anche solo poche gocce dell'incantesimo; alla fine scomparve nella foresta e non fu mai più visto dalla sua famiglia.

OLURONBI

In un certo villaggio non erano nati bambini per molti anni e la gente ne era profondamente afflitta.

Alla fine tutte le donne del villaggio si recarono insieme nella foresta, presso l'albero magico, l'Iroko, e implorarono lo spirito dell'albero di aiutarle. L'uomo dell'Iroko chiese quali doni avrebbero portato se avesse acconsentito ad aiutarle, e le donne promisero con entusiasmo granturco, ignami, frutta, capre e pecore; ma Oluronbi, la giovane moglie di un intagliatore di legno, promise di portare il suo primogenito.

A tempo debito nacquero dei bambini nel villaggio, e il più bello di tutti fu quello nato a Oluronbi. Lei e il marito amavano così profondamente il loro figlio che non riuscirono a rassegnarsi a consegnarlo all'uomo dell'Iroko.

Le altre donne portarono i doni promessi di granturco, ignami, frutta, capre e pecore; ma Oluronbi non portò nulla per placare l'albero.

Ahimè, un giorno, mentre Oluronbi attraversava la foresta, l'uomo dell'Iroko la afferrò e la trasformò in un piccolo uccello bruno, che si posò sui rami dell'albero e cantò malinconicamente:

«Una promise una pecora,

una promise una capra,

una promise frutta,

ma Oluronbi promise il suo bambino».

Quando l'intagliatore udì il canto dell'uccello, comprese ciò che era accaduto e cercò un modo per riavere la moglie.

Dopo aver riflettuto per molti giorni, cominciò a intagliare una grande bambola di legno, grande e somigliante a un vero bambino, con una piccola catena d'oro al collo. Ricoprendola con un bel tessuto indigeno, la depose ai piedi dell'albero. L'uomo dell'Iroko credette che quello fosse il figlio di Oluronbi, così ritrasformò il piccolo uccello in una donna e afferrò il bambino portandolo tra i rami.

Oluronbi tornò a casa piena di gioia e fece molta attenzione a non addentrarsi mai più nella foresta.

LA PROBOSCIDE DELL'ELEFANTE

È cosa ormai risaputa che l'elefante ha una lunga proboscide, che usa sia come naso sia come una sorta di mano – una proboscide davvero utilissima. Ma un tempo ne era privo e aveva soltanto un muso corto e del tutto ordinario, come quello degli altri animali.

L'elefante era sempre curioso e andava annusando qua e là nella foresta, ficcando il naso nei segreti degli altri animali. Un giorno si imbatté in un buco scuro nel terreno e vi infilò il naso per vedere che cosa ci fosse dentro.

Subito si pentì della sua curiosità, poiché un grosso serpente che viveva nel buco lo afferrò per il naso e cercò di inghiottirlo. A quel punto l'elefante fece un gran baccano e sua moglie accorse di corsa in suo aiuto. Ella afferrò la sua coda e tirò e tirò, e anche l'elefante tirò e tirò, ma il serpente non mollava la presa.

E come risultato il naso dell'elefante fu tirato fino a diventare la lunga proboscide che ancora oggi possiede.

All'inizio egli si vergognava di mostrarsi nella foresta a causa della sua proboscide, ma ora gli altri animali lo invidiano.

Un giorno la scimmia, che imita chiunque, guardò nello stesso buco, pensando che sarebbe stato bello avere una lunga proboscide per potersi dondolare dagli alberi con il naso.

Ma il grande serpente che viveva nel buco la inghiottì e, da allora, nessun altro ha più tentato di imitare l'elefante.

IL SEGRETO DELLE CESTE DA PESCA

Attraverso un certo fiume un povero pescatore piantò una fila di pali e su ciascun palo fissò una cesta nella quale sperava di intrappolare i pesci mentre scendevano lungo il fiume.

Ma la sua fortuna era pessima e ogni sera, quando passava in canoa da una cesta all'altra, rimaneva deluso nel trovare che non era stato preso alcun pesce, o soltanto pochi esemplari molto piccoli.

Questo lo rendeva assai triste ed era costretto a vivere con grande parsimonia. Un giorno trovò uno straniero che dormiva sulla riva del fiume. Invece di ucciderlo, il pescatore gli parlò con gentilezza e lo invitò a condividere il suo pasto serale.

Lo straniero parve molto compiaciuto e mangiò e bevve, ma non pronunciò neppure una parola. Il pescatore pensò: «Parla un'altra lingua».

All'improvviso lo straniero scomparve, e solo i resti del pasto convinsero il pescatore che non aveva sognato.

La sera seguente, quando andò a svuotare le ceste, rimase sbalordito nel trovarle colme di pesce. Non riusciva a spiegarsi la sua buona sorte, e la sorpresa fu ancora maggiore quando la stessa cosa accadde il giorno dopo. Il terzo giorno le ceste erano di nuovo completamente piene e, quando il pescatore giunse all'ultima cesta, vide che conteneva un solo pesce mostruoso.

«Non mi riconosci?» disse il pesce.

«In verità no, signor Pesce. Non vi ho mai visto prima!» dichiarò il pescatore, quasi rovesciando la canoa per lo stupore.

«Hai dimenticato lo straniero che trattasti con tanta cortesia?» proseguì il pesce.

«Ero io, e sono il re dei pesci. Ti sono grato per la tua gentilezza e intendo ricompensarti».

Poi il pesce si tuffò nel fiume con un grande tonfo. Ma da allora in poi le ceste da pesca furono piene ogni sera e il pescatore divenne ricco e prospero.

I DIECI ORAFI

Un orafo di un piccolo villaggio aveva dieci figli, ai quali insegnò tutti il suo mestiere. Col tempo essi divennero artigiani abili e, quando il vecchio stava per morire, chiamò intorno a sé i dieci e parlò loro così:

«Figli miei, in questo piccolo villaggio non c'è certamente lavoro sufficiente per dieci orafi. Ho quindi deciso che il più abile di voi rimarrà qui al mio posto, mentre gli altri dovranno andare per il mondo a cercare fortuna altrove».

A queste parole tutti i figli esclamarono che il piano era buono, ma chi avrebbe potuto dire quale di loro fosse il più abile? Il vecchio sorrise e rispose:

«Ho pensato anche a questo. Vi concederò a tutti un mese di tempo per realizzare un oggetto d'oro e, allo scadere di quel termine, giudicherò quale sia stato eseguito con maggiore perizia».

I dieci figli si misero subito al lavoro per creare ciascuno un oggetto e, durante il tempo concesso, mostrarono tutti grande operosità. Alla fine del mese si presentarono dal padre, che giaceva morente a terra, e posero davanti a lui gli oggetti che avevano realizzato.

Uno aveva fatto una catena d'oro finissimo, ogni anello della quale aveva la forma perfetta di un elefante; un altro aveva realizzato un coltello splendidamente ornato; un altro una piccola cassetta; un altro ancora un anello raffigurante serpenti intrecciati, con scaglie lucenti; un altro un recipiente per l'acqua dalla forma gradevole; e così via.

Il vecchio sorrise con piacere nel vedere ciò che l'operosità dei suoi figli aveva prodotto, ma quando contò gli oggetti davanti a sé si accorse che erano soltanto nove. Quando scoprì che uno dei figli non aveva realizzato nulla, si adirò, soprattutto quando risultò che si trattava del primogenito, che egli aveva segretamente ritenuto più abile dei fratelli. Dopo aver rimproverato aspramente questo figlio, il cui nome era Ayo, per la sua pigrizia, il padre si preparò a pronunciare il suo giudizio sull'opera degli altri fratelli; ma Ayo si fece improvvisamente avanti e lo pregò di attendere ancora un'ora prima di fare la sua scelta.

«Nel frattempo, padre», disse, «sediamoci tutti insieme attorno al fuoco per l'ultima volta, arrostendo il granturco e raccontandoci storie».

Così la famiglia era solita trascorrere il tempo durante la stagione delle piogge e tutti acconsentirono volentieri.

Mentre si sedevano a terra, il padre prese una pannocchia ben matura che giaceva accanto a lui. Quale non fu il suo stupore quando, cercando di staccarne i chicchi, scoprì che era fatta d'oro!

Questo era l'oggetto che Ayo aveva realizzato, e aveva escogitato un piccolo artificio per mettere alla prova la perfezione della sua opera. Con tanta abilità era stata eseguita che tutti erano stati ingannati, credendola una vera pannocchia, e per questo il padre e i nove fratelli concordarono che l'opera di Ayo era certamente la migliore. Così Ayo prese il posto del padre e gli altri partirono in direzioni diverse per cercare la loro fortuna.

LA PENTOLA

Un uomo un giorno portò a casa alla moglie una pentola da cucina molto vecchia e le disse di usarla ogni giorno per preparare il pasto della sera.

La donna non era affatto contenta all'idea di usare un recipiente così malconcio e temeva che le amiche la deridessero, ma non osò disobbedire al marito e cominciò a usare la pentola come egli pretendeva.

Ella non immaginava minimamente che la pentola fosse magica e avesse la virtù di trasformare in oro la cenere del fuoco sul quale poggiava. Ogni notte il marito si alzava furtivamente, quando tutti dormivano nelle capanne intorno al cortile, e raccoglieva quella cenere d'oro, che riponeva con cura.

Un giorno un giovane del villaggio stava per partire per un viaggio; si recò dalla donna mentre il marito era assente e le chiese un favore. Disse che si era invaghito della sua vecchia pentola e che le avrebbe dato in cambio una bella pentola nuova. La donna esitò, ma si vergognava di quella brutta pentola vecchia ed era lieta di avere una scusa per liberarsene.

Quando il marito scoprì ciò che aveva fatto, si infuriò e la picchiò duramente; ma ormai era troppo tardi per recuperare la pentola, poiché il giovane si trovava già lontano nella foresta. Naturalmente egli non aveva ottenuto la pentola senza conoscerne il segreto, poiché aveva osservato le azioni dell'uomo che così misteriosamente raccoglieva le ceneri ogni notte; e si dice che da quel giorno il giovane trascorse la vita cucinando, guadagnandosi così il nome di «Chop», ovvero «Cibo».

IL PAPPAGALLO

C'era un pappagallo grigio che sapeva parlare e aveva l'abitudine di correggere chiunque non dicesse la verità.

Il pappagallo era il prediletto di una donna bugiarda, ed ella trovava questa abitudine dell'uccello così scomoda che alla fine decise di liberarsene.

Un giorno un vicino passava davanti alla sua casa e la donna lo chiamò dalla soglia, invitandolo a venire a vedere il bel pappagallo addomesticato che intendeva regalargli.

L'uomo le chiese perché desiderasse separarsi da un uccello così bello e la donna rispose: «Perché mangia molto e io sono povera».

Il pappagallo gridò: «Mente!».

Il vicino non vi fece caso, ringraziò la donna e tornò a casa con l'uccello sulla spalla. Quando giunse a casa sua, la moglie gli chiese dove avesse trovato il pappagallo.

«Mentre attraversavo la foresta, è sceso in volo e si è posato sulla mia spalla», rispose l'uomo, ma il pappagallo gridò subito: «Mente!».

L'uomo scoprì ben presto quanto fosse imbarazzante avere un animale domestico così veritiero e spesso fu tentato di torcere il collo all'uccello.

Accadde che quest'uomo fosse disonesto e rubasse molti oggetti, che seppelliva in una buca profonda, all'insaputa di tutti. Sarebbe stato del tutto al sicuro, se non fosse stato per il meraviglioso pappagallo.

Quando i furti furono scoperti, si fece una perquisizione nella casa dell'uomo, ma non vi si trovò nulla. I ricercatori furono quindi costretti a ritenere che fosse innocente.

Mentre uscivano, gli dissero: «Sei sicuro di non aver rubato queste cose?».

«Ne sono sicuro!» rispose l'uomo indignato; ma il pappagallo gridò: «Mente!».

L'uomo fu così furioso che afferrò l'uccello e gli torse il collo, ma i sospetti dei ricercatori furono destati e alla fine scoprirono la buca, contrassegnata da un piccolo palo, e vi trovarono tutti gli oggetti rubati. Se non fosse stato per il pappagallo veritiero, il segreto non sarebbe mai stato svelato.

IL CACCIATORE DI FANTASMI

Il re Abipa ebbe il capriccio di trasferire l'intera sua corte in una nuova capitale e, a tal fine, decise di costruire una città su una certa collina che gli era particolarmente gradita.

I suoi nobili, tuttavia, non desideravano affatto il cambiamento e alcuni di loro si riunirono per elaborare un piano che distogliesse il re dal suo progetto.

Essi convennero di mandare sulla collina, a infestare il luogo come fossero fantasmi, alcuni schiavi dal loro aspetto ripugnante, così che il re avesse paura di edificare lì la sua capitale. Un nobile inviò un gobbo, un altro un albino, un altro ancora un lebbroso e un quarto un nano.

Quando i messaggeri del re giunsero a esaminare la collina, videro queste strane apparizioni saltare qua e là con torce in mano e gridare a una sola voce: «Ko si aye! Ko si aye!» («Non c'è posto! Non c'è posto!»).

Tornarono terrorizzati dal re e gli riferirono che la collina era infestata dai fantasmi.

Uno dei consiglieri reali, però, sospettò un inganno e consigliò al re di mandare dei cacciatori sulla collina per catturare i «fantasmi».

Il re seguì questo consiglio e i cacciatori tornarono con i presunti «fantasmi», che naturalmente erano in uno stato di abietta paura per essere stati scoperti. Invece di farli uccidere, tuttavia, il re li tenne nascosti e invitò tutti i suoi nobili a un banchetto. Quando ebbero festeggiato allegramente, fece portare a ciascun nobile una zucca di birra per mano di uno schiavo.

Quale non fu lo sgomento dei quattro nobili ribelli quando ricevettero la zucca: uno dalle mani del suo gobbo, un altro dal suo albino, e gli altri dalle mani del lebbroso e del nano!

Era evidente che il complotto era stato scoperto e tutti e quattro i nobili si aspettavano di essere messi a morte per essersi opposti al re; ma il saggio

Abipa non disse una parola sull'accaduto e il banchetto si concluse nel silenzio.

Poco tempo dopo la corte si trasferì nella nuova città senza alcuna opposizione e, da allora, il re fu conosciuto come «il Cacciatore di fantasmi».

Storie della tartaruga:

LA TARTARUGA E IL RE

Un anno l'Elefante aveva causato enormi danni, abbattendo gli alberi, bevendo tutta l'acqua in un periodo di carestia e divorando i primi teneri raccolti dei campi.

I cacciatori del re tentarono invano di distruggerlo, poiché l'Elefante conosceva molti incantesimi e sfuggiva sempre alle loro trappole.

Alla fine il re offrì la mano della figlia in matrimonio a chiunque fosse riuscito a liberare il paese da quel flagello.

La Tartaruga si recò al palazzo e si offrì di catturare l'Elefante, quindi fece i suoi preparativi. Fu scavata una grande fossa fuori dalla città e sopra di essa fu posta una piattaforma sottile, ricoperta di velluti e pelli di leopardo, come un trono.

Poi la Tartaruga partì per la foresta, accompagnata da schiavi e tamburini. L'Elefante rimase molto sorpreso nel vedere il suo piccolo amico Tartaruga avanzare con tanto sfarzo e sospettò un tranello; ma la Tartaruga gli disse che il vecchio re era morto e che il popolo desiderava che l'Elefante regnasse su di loro, poiché era il più grande di tutti gli animali. Udendo ciò, l'Elefante si sentì lusingato e acconsentì ad accompagnare la Tartaruga in città. Ma quando salì sulla piattaforma per essere incoronato re, il legno cedette sotto il suo peso ed egli precipitò nella fossa, dove fu rapidamente ucciso dai cacciatori del re.

Tutto il popolo esultò e lodò l'astuzia della Tartaruga, che si recò al palazzo per ricevere la sua sposa. Ma il re si rifiutò di concedere la figlia a una creatura tanto insignificante e la Tartaruga decise di vendicarsi. Quando i nuovi raccolti stavano appena maturando, convocò tutti i topi di campagna e gli elfi e chiese loro di divorare e portar via il granturco. Essi ne furono ben lieti e i contadini, disperati, trovarono i campi completamente spogli.

Si profilava ormai una carestia nel paese e il re offrì la stessa ricompensa di prima a chiunque liberasse la terra da quei parassiti.

La Tartaruga comparve di nuovo al palazzo e offrì il suo aiuto. Il re fu ben lieto di accettarlo, ma la Tartaruga prudentemente si rifiutò di fare alcunché finché la principessa non fosse divenuta sua sposa.

Il re fu così costretto ad acconsentire al matrimonio e, quando questo ebbe avuto luogo, la Tartaruga, fedele alla parola data, convocò tutti i topi e gli elfi e mostrò loro una piattaforma carica di squisite leccornie. Poi si rivolse a loro con queste parole:

«La gente è così afflitta per i danni che avete causato che ha preparato questo banchetto per voi e promette di fare lo stesso due volte all'anno, prima del raccolto dei primi e dei secondi campi, se accetterete di non toccare più il granturco nei campi».

Le piccole creature acconsentirono tutte e avanzarono in gran folla verso la piattaforma, che in breve tempo ripulirono completamente.

Il re e il suo popolo non furono molto contenti di questo accordo, ma avevano tanta paura della Tartaruga che non osarono lamentarsi e, da allora, topi ed elfi non diedero mai più fastidio al paese.

LA TARTARUGA E IL SIGNOR MOSCA

Un giorno la Tartaruga e la sua famiglia caddero in miseria e non avevano nulla da mangiare, ma notarono che il loro vicino, il signor Mosca, sembrava molto prospero e faceva banchetti ogni sera.

La Tartaruga era curiosa di sapere come facesse a procurarsi tanto denaro e, dopo averlo osservato per alcuni giorni, scoprì che il signor Mosca volava via ogni mattina di buon'ora con un grande sacco vuoto sulla schiena e tornava la sera con il sacco pieno; dopo di che sua moglie preparava un banchetto.

Una mattina la Tartaruga si nascose nel sacco e attese di vedere che cosa sarebbe accaduto. Poco dopo il signor Mosca uscì di casa, sollevò il sacco e volò via.

Alla fine scese nella piazza del mercato di una grande città, dove i tamburini battevano i ritmi della danza e le fanciulle danzavano davanti a una folla di gente.

Il signor Mosca posò il sacco a terra e la Tartaruga lo vide fermarsi accanto a uno dei tamburini. Quando la gente lanciava il denaro, il signor Mosca raccoglieva le monete e le nascondeva nel sacco, e verso sera ne aveva accumulata una grande quantità. Poi riprese il sacco e volò a casa. La Tartaruga uscì in fretta e portò via con sé la maggior parte del denaro, così che il povero signor Mosca rimase sorpreso nel trovare il sacco quasi vuoto.

Ciò accadde più volte, finché un giorno, mentre metteva il denaro nel sacco, il signor Mosca scorse la Tartaruga nascosta all'interno. Si adirò molto per l'inganno e, andando dal tamburino, gli chiese se gli fosse mancato del denaro.

«Sì», disse il tamburino. «Da alcuni giorni perdo delle monete».

«Guarda dentro questo sacco», rispose il signor Mosca, «e vedrai il ladro seduto in mezzo al denaro che ha rubato».

Il tamburino sbirciò nel sacco e vide la Tartaruga.

«Come deve essere punito il ladro?» gridò furioso.

«Basta legare il sacco», disse il signor Mosca, «e poi percuoterlo come se fosse un tamburo».

Così il tamburino legò il sacco e lo percosse finché la Tartaruga divenne livida e piena di lividi, ed è per questo che il suo dorso è coperto di ammaccature.

Poi il signor Mosca raccolse il sacco, volò molto in alto e lo lasciò cadere. Per caso il sacco cadde proprio fuori dalla casa della Tartaruga e i vicini andarono ad avvertire Nyanribo, sua moglie, che qualcuno aveva lasciato un regalo davanti alla porta. Ma quando ella aprì il sacco alla presenza di una folla di persone, vi trovò soltanto la Tartaruga, più morta che viva. Allora il signor Mosca compose una canzone e narrò tutta la storia, e anche i tamburini la suonarono; e la Tartaruga e Nyanribo furono così vergognate che lasciarono quel luogo e andarono a vivere in un altro paese.

ERIN ED ERINOMI (GLI ELEFANTI DI TERRA E D'ACQUA)

La Tartaruga era sempre incline a seminare discordia tra persone innocue. Un giorno, mentre camminava lungo la riva del fiume, incontrò l'Elefante e gli disse:

«L'Ippopotamo si vanta dicendo che tu sei soltanto un debole e che non hai la forza di tirare fuori un tronco dal fiume».

«Questo è falso!» gridò l'Elefante e, per dimostrare la propria forza, permise alla Tartaruga di legare una robusta corda alla sua proboscide e di fissarne l'altra estremità a un tronco nel fiume.

La Tartaruga scese poi verso l'acqua tenendo la corda e disse all'Ippopotamo:

«L'Elefante si vanta della sua forza e dichiara che tu sei un debole e che non saresti capace di sradicare un albero».

«Questo è falso!» gridò l'Ippopotamo. «Posso abbattere qualunque albero».

La Tartaruga disse allora che aveva legato la corda a un albero e che ne avrebbe fissato l'altra estremità al corno dell'Ippopotamo. Così fece, e i due animali cominciarono a tirare, ciascuno da un'estremità della corda. L'Elefante tirava e tirava, e l'Ippopotamo tirava e tirava, e nessuno dei due cedeva.

Dopo un po' l'Ippopotamo si fermò a riposare e l'Elefante scese all'acqua per dissetarsi, e allora videro il trucco che era stato loro giocato.

Sbuffando d'ira, cominciarono a cercare la dispettosa Tartaruga, ma a quel punto, puoi esserne certo, essa era già molto lontana.

LE TRE MORTI DELLA TARTARUGA

La Tartaruga aveva molti nemici, e costoro complottarono insieme per ucciderla.

Una notte, mentre la Tartaruga dormiva nella sua capanna, le diedero fuoco e, vedendo le fiamme levarsi alte, si dissero l'un l'altro:

«Non può scampare. Morirà».

Ma la Tartaruga si ritrasse nel suo guscio e rimase illesa dal fuoco e, al mattino, i suoi nemici rimasero sbalorditi nel vederla camminare in giro come al solito.

Ben presto elaborarono un altro piano e gettarono la Tartaruga in una pozza d'acqua.

«La pozza è profonda. Annegherà», dissero tra loro i suoi nemici.

Ma la Tartaruga si era rintanata nel suo guscio ed era al sicuro e, a mezzogiorno, il sole brillò con forza e prosciugò la pozza.

Quella sera la Tartaruga girava per il villaggio come se nulla fosse accaduto e i suoi nemici ne furono stupefatti.

Il giorno seguente tentarono per la terza volta di ucciderla. Scavarono una buca profonda nel terreno e vi seppellirono la Tartaruga, certi questa volta che non potesse fuggire. Per segnare il luogo conficcarono nel terreno un palo di bambù.

Nel frattempo un uomo di passaggio vide il palo di bambù e pensò: «Qualcuno ha seppellito un tesoro qui!». Chiamò i suoi amici e cominciarono a scavare, ma tutto ciò che trovarono fu la Tartaruga, profondamente addormentata dentro il suo guscio.

La Tartaruga tornò a passeggiare per il villaggio, con aria molto felice, e i suoi nemici furono colmi di stupore.

«Ha un incantesimo e non riusciremo mai a ucciderla», si dissero l'un l'altro e, da quel giorno, la lasciarono in pace.

LA TARTARUGA E IL GALLO

Un giorno la Tartaruga e Nyanribo avevano molta fame, ma non potevano permettersi di comprare del cibo e, mentre discutevano su che cosa fare, la Tartaruga udì un gallo cantare e le venne un'idea. Si recò dal gallo e gli disse:

«Sono venuto ad avvertirti. Ho sentito il contadino dire a sua moglie di preparare il pollo per la cena di domani».

A queste parole tutti i polli furono presi da grande angoscia e si chiesero quale di loro sarebbe stato ucciso.

La Tartaruga rispose:

«Ho sentito la moglie del contadino dire che ucciderà il primo di voi che sentirà cantare o chiocciare al mattino».

Naturalmente i polli decisero di restare assolutamente in silenzio.

Di primissimo mattino la Tartaruga si insinuò tra i polli e rubò tutte le uova dai nidi, portandole una a una nella sua casa; ma il gallo aveva paura di cantare e le galline avevano paura di chiocciare e, quando la moglie del contadino venne a raccogliere le uova, scoprì che erano state tutte rubate.

A quel punto andò su tutte le furie e uccise tutti i polli invece di uno solo e, mentre il contadino e sua moglie facevano un banchetto di pollo, la Tartaruga e Nyanribo invitarono i loro amici a un banchetto di uova.

LA TARTARUGA E IL GRANCHIO

Tutti sanno che la Tartaruga e il Granchio sono nemici.

Una mattina, sulla riva del mare, decisero di combattere per vedere chi fosse il più forte, ma poiché entrambi sono protetti da un guscio duro, nessuno dei due riuscì a ferire l'altro.

Alla fine giunsero all'accordo di essere uguali in forza.

«Siamo così ben protetti dalla nostra corazza», disse la Tartaruga, «che nessuno può farci del male».

«E dunque», disse il Granchio, «siamo le creature più forti del mondo».

Ma in quel momento passò un ragazzo e li raccolse entrambi. La Tartaruga fu bollita in una pentola e il suo guscio fu trasformato in ornamenti, mentre il Granchio fu cucinato in uno stufato per la cena del ragazzo. Da quel giorno i discendenti dei due millantatori si sono sempre vergognati di incontrarsi ed è per questo che si evitano a vicenda.

LA TARTARUGA E IL PICCIONE

La Tartaruga e il Piccione erano spesso visti camminare insieme, ma purtroppo la Tartaruga trattava il suo amico piuttosto male e spesso gli giocava dei brutti scherzi. Il Piccione non si lamentava mai e sopportava tutto con buon umore. Un giorno la Tartaruga andò da lui e disse:

«Oggi parto per un viaggio a trovare i miei cugini; vuoi venire con me?»

Il Piccione acconsentì ad accompagnarlo e partirono. Dopo aver camminato per un certo tratto giunsero a un fiume, e il Piccione fu costretto a prendere la Tartaruga sulla schiena e a volare con lei fino all'altra riva.

Poco dopo raggiunsero la casa dei cugini della Tartaruga. La Tartaruga lasciò l'amico fermo sulla soglia mentre entrava a salutare i parenti. Essi avevano preparato un banchetto per lui e cominciarono tutti a mangiare insieme.

«Non vuoi invitare anche il tuo amico a mangiare con noi?» dissero i cugini; ma la Tartaruga era così ingorda che non desiderava affatto dividere il banchetto con il Piccione e rispose:

«Il mio amico è uno sciocco, non mangia mai in casa di estranei, ed è così timido che si rifiuta di entrare».

Dopo un po' la Tartaruga salutò i cugini dicendo: «Vi ringrazio per l'ospitalità», e uscì di casa. Ma il Piccione, che era stanco e affamato, aveva udito le sue parole e decise di fargliela pagare, almeno per una volta.

Quando giunsero alla riva del fiume, prese di nuovo la Tartaruga sulla schiena; quando ebbe volato per metà del tragitto, la lasciò cadere nel fiume. Ma per caso, invece di cadere nell'acqua, ella atterrò sul dorso di un coccodrillo che galleggiava in superficie e, quando il coccodrillo raggiunse la riva, la Tartaruga scese rapidamente e si allontanò in fretta.

Il Piccione vide che cosa era accaduto e che la Tartaruga aveva raggiunto la terra sana e salva; così le volò avanti fino a giungere in un campo dove giaceva un cavallo morto.

Per ingannare ancora una volta la Tartaruga, il Piccione tagliò la testa del cavallo e la conficcò nel terreno, come se crescesse lì come una pianta.

Quando la Tartaruga arrivò nel campo e vide la testa del cavallo, andò subito dal re del paese e gli disse che conosceva un luogo dove le teste dei cavalli crescevano come piante.

«Se questo è vero», disse il re, «ti ricompenserò con un grande tesoro; ma se è falso, dovrai morire».

Il re e una grande folla di persone accompagnarono la Tartaruga nel campo, ma nel frattempo il Piccione aveva rimosso la testa. La Tartaruga corse in giro cercandola, ma invano, e fu condannata a morte. Fu acceso un grande fuoco e la Tartaruga vi fu gettata sopra.

Ma allora il Piccione si pentì dello scherzo che aveva fatto e chiamò in fretta a raccolta tutti gli uccelli del cielo. Essi arrivarono come il vento, spegnendo il fuoco con le ali, e salvarono così la Tartaruga.

Quando il Piccione spiegò l'inganno, il re perdonò la Tartaruga e permise ai due amici di andarsene sani e salvi.

LA TARTARUGA E L'ALBERO-FRUSTA

Nel paese vi fu una carestia e tutti desideravano ardentemente del cibo. Ogni giorno la Tartaruga si recava nella foresta per vedere se riusciva a trovare qualcosa da mangiare, ma la sera tornava a casa scoraggiata, portando alla famiglia solo poche erbe e dei gherigli di noci rinsecchiti.

Un giorno, mentre camminava in un boschetto, vide due alberi vicini tra loro: uno piccolo e stentato e uno grande, con un fogliame fitto e rami espansi. «Che tipo di albero sei?» chiese al piccolo.

«Sono l'Albero del Cibo», fu la risposta.

«Bene, Albero del Cibo, che cosa sai produrre?» chiese la Tartaruga. A quelle parole il piccolo albero agitò i rami e una pioggia di cibo cadde a terra. La Tartaruga mangiò finché non rimase più nulla, poi si rivolse all'albero alto e bello.

«E tu che albero sei?» chiese, pensando che un albero così splendido dovesse produrre frutti ricchi. L'albero le disse che il suo nome era Albero della Frusta, al che la Tartaruga rispose: «Albero della Frusta, che cosa sai produrre?»

A queste parole l'Albero della Frusta piegò i rami e percosse la Tartaruga finché ella gridò pietà. Quando la bastonatura cessò, la Tartaruga tornò a casa, ma, essendo di natura avida, non disse nulla dei due alberi e mostrò alla moglie soltanto alcune povere noci che aveva trovato.

Dopo di ciò si recò ogni giorno dall'Albero del Cibo e banchettò a sazietà. Mentre la sua famiglia e tutta la gente, persino il re, diventavano magri e smunti, la Tartaruga appariva ogni giorno più grassa e prospera, finché Nyanribo, sua moglie, cominciò a sospettare.

Un giorno Nyanribo decise di seguirlo nella foresta e grande fu la sua sorpresa quando vide il marito fermarsi sotto il piccolo albero e dire: «Albero, fa' il tuo dovere!». I rami si agitarono e ricchi bocconi caddero a terra.

Nyanribo gridò per lo stupore e rimproverò il marito per la sua avidità. Tornò in fretta al villaggio e rientrò con tutta la famiglia, figli e cugini.

Si fermò sotto l'Albero del Cibo e disse: «Albero, fa' il tuo dovere!». Quando il cibo cadde, tutti presero parte al banchetto.

Ma la Tartaruga, piena di rancore, ne fu contrariata ed esclamò:

«Vorrei che vi metteste sotto l'altro albero e riceveste la vostra giusta ricompensa!»

Udito ciò, tutti andarono a porsi sotto l'Albero della Frusta e Nyanribo gridò di nuovo:

«Albero, fa' il tuo dovere!». Ahimè! I rami cominciarono a percuoterli tutti duramente finché morirono.

La Tartaruga ne fu atterrita e tornò in fretta a casa, ma ben presto i vicini notarono che la moglie e la famiglia erano scomparse e il re ordinò alla Tartaruga di rendere conto della loro sparizione.

La Tartaruga condusse allora il re, tutti i nobili e il popolo nella foresta e, quando furono riuniti sotto l'Albero del Cibo, gridò: «Albero, fa' il tuo dovere!», e, come prima, apparve un banchetto che la gente affamata divorò rapidamente.

La Tartaruga chiese poi loro di porsi sotto l'altro albero, cosa che fecero con entusiasmo. Fu il re stesso a gridare: «Albero, fa' il tuo dovere!», e i rami cominciarono a percuotere tutti coloro che stavano sotto finché essi gridarono dal dolore.

In preda a grande furore la gente diede la caccia alla Tartaruga, desiderando ucciderla, ma ella si nascose nel suo guscio, in un luogo segreto, e non poterono farle alcun male.

Rimase nascosta finché il re morì e ne fu scelto uno nuovo, e solo allora ritenne sicuro tornare in città. Ma ogni volta che sente le due parole «Cibo» e «Frusta», si nasconde nel suo guscio, credendo di essere in pericolo.

LA TARTARUGA E LA PIOGGIA

La Tartaruga e una Nuvola stipularono una volta il seguente accordo: ogni volta che la Tartaruga desiderava con grande intensità il bel tempo, doveva stare fuori dalla sua casa e gridare: «Passa! Passa!», e allora la Nuvola si sarebbe ritirata lasciando splendere il sole. E quando la Tartaruga desiderava la pioggia, doveva gridare: «Cadi! Cadi!», e la pioggia sarebbe scrosciata. In pagamento di questo servizio, la Tartaruga doveva deporre ogni volta a terra un certo numero di conchiglie di ciprea.

La Tartaruga era entusiasta di questo accordo e, all'inizio, deponeva regolarmente la somma di denaro a terra ogni volta che chiedeva alla Nuvola bel tempo o pioggia.

Un giorno, in occasione del matrimonio di un capo, il cielo era molto nuvoloso e sembrava probabile che piovesse. La Tartaruga udì il capo lamentarsi: «Abbiamo promesso ai tamburini una grande quantità di denaro, ma se piove nessuno verrà a vedere le fanciulle danzare al mio matrimonio!».

La Tartaruga si recò dal capo e disse: «Se mi darai una certa somma, terrò le nuvole sul mio duro dorso e non pioverà».

Il capo acconsentì prontamente a pagare le cipree richieste dalla Tartaruga, ed essa si mise dietro la sua capanna e gridò alla Nuvola: «Passa! Passa!». La Nuvola si ritirò, il sole brillò luminoso e il matrimonio ebbe luogo fra grandi festeggiamenti. Ma la Tartaruga non depose alcun denaro a terra e, al contrario, tenne per sé l'intera somma.

Il giorno seguente un uomo si recò alla casa della Tartaruga e le offrì molto denaro se avesse fatto cadere la pioggia. «Infatti», disse, «i miei pali da pesca sono troppo alti, ma se piove il fiume si ingrosserà e i pesci entreranno nelle mie ceste».

«Benissimo», rispose la Tartaruga. «Scaglierò una lancia nelle nuvole e la pioggia cadrà».

Poi si mise dietro la sua casa, dove non poteva essere vista, e gridò alla Nuvola: «Cadi! Cadi!». Cominciò a piovere a dirotto.

Ma anche questa volta trascurò di deporre il denaro a terra e lo tenne tutto per sé. Ben presto, in questo modo, divenne ricca e famosa, e quasi ogni giorno qualcuno le chiedeva bel tempo o pioggia. Ammucchiò nella sua casa molti sacchi di cipree e non diede nulla alla Nuvola. Quando due persone le chiedevano pioggia e sole nello stesso giorno, la Tartaruga fingeva di essere stanca di sostenere le nuvole sul dorso, e così la pioggia cadeva.

Ma dopo qualche tempo, vedendo quanto ricca fosse diventata la Tartaruga, la laboriosa Nuvola si adirò e decise di punirla. Un giorno la Tartaruga desiderò partire per un viaggio con la sua famiglia, così si mise fuori dalla casa e gridò: «Passa! Passa! Fa' che il sole splenda sul mio viaggio!».

Ma non appena si fu messa in cammino, la Nuvola tornò a rotolare indietro e la pioggia si riversò a torrenti, provocando una grande inondazione nella quale la Tartaruga e tutta la sua famiglia annegarono.

www.ingramcontent.com/pod-product-compliance
Lightning Source LLC
LaVergne TN
LVHW060303051026
849517LV00003B/933
9798295487590